Renier-Fréduman Mundil

Schwarzbart's

Kandidelte Adventsgeschichten

Geschichten und Gedichte

Renier-Fréduman Mundil

Schwarzbart's
Kandidelte Adventsgeschichten

Geschichten und Gedichte

Für

Dorle

Meine treuste Leserin - obwohl sie es selbst
besser könnte

1. Advent

1.
Segelbaum

Wissen Sie, sagte Schwarzbart, wissen Sie, einmal im Jahr fahre ich mit drei Tannenbäumen über die Meere dieser Welt. Sie wissen doch, ich besitze einen Dreimaster. Anfang Dezember fange ich an, jedes Segel grün einzufärben, verstehen Sie, das macht zusammen drei große grüne Segel. Aber vorher, im Juni, habe ich bereits in jeden Segelmast ein einzelnes wundersames Samenkorn hineingesteckt. Ich bin der Einzige, der Samen von dieser Pflanze besitzt. Wie ich in den Besitz dieser Samenkörner, dieser Pflanze gekommen bin? Ein Geheimnis – ein Geheimnis aus vielem Nachdenken, noch mehr Ausprobieren und am meisten aus Geduld und einem großen Weihnachtssack voller Hoffnung, dass es klappen wird. Aber das ist eine andere Geschichte.
Jedenfalls stecke ich jedes Jahr eines dieser wertvollen Samenkörner in jeden Segelmast. Es ist das Samenkorn einer Kreuzung aus Weihnachtsbaum und Weihnachtsstern, dem Weihnachtsbaum aus dem Norden und dem Weihnachtsstern aus dem Süden. Der einzige

Weihnachtsbaum, der rote Blätter, ich meine rote Blüten, trägt. Und der einzige Weihnachtsstern, der spitze grüne Nadeln hat. Ich bin der Einzige auf dieser Welt, der gleichzeitig Weihnachten wie im Norden und Weihnachten wie im Süden feiert. Und noch ein Geheimnis. In der kleinen goldenen Schatulle befinden sich für jedes meiner Lebensjahre drei Samenkörner. Ich kann Sie aber beruhigen. Es sind noch genügend vorhanden und ich greife immer mit verschlossenen Augen durch den verschlossenen Deckel des Kästchens um nicht zu wissen, wie viele Jahre, wie viele Weihnachten ich noch über die Meere dieser Welt fahren werde.

Also ich stecke rechtzeitig im Jahr in jeden Segelmast einen Weihnachtsbaumsternsamen. Dieser Sternbaum wächst besonders schnell. Er wächst durch das dunkle Segelmastrohr, um oben die freie Luft zu erreichen. An allen Stellen des Segelmastes sind seitlich Löcher hineingebohrt, wie bei einer Flöte, durch die viele Äste des Weihnachtsbaumes in das Segel hineinwachsen. Und am 24. Dezember sind jedes Jahr alle drei Segel grün und voll wunderschöner Zweige des Weihnachtsbaumsterns, die an ihren Spitzen rote Blütenblätter tragen. Einige Tage vor Weihnachten klettere ich in jedes Segel und befestige an den Zweigen des Weihnachtssterns Kerzen, die ich während des ganzen Jahres auf meinen Reisen durch die Welt überall gesammelt habe. Ich besitze dann die einzigen Weihnachtsbäume auf dieser Erde, auf denen mindestens eine Kerze aus jedem Land der Welt stammt. Eisbärkerzen aus der Arktis, Löwenkerzen aus Afrika, Kängurukerzen aus Australien. Auf diese muss ich besonders aufpassen, weil sie am liebsten von einem Ast zum übernächsten springen würden und dann vielleicht noch ein Segel Feuer fängt.

Am 24. Dezember müssen alle Kerzen zur gleichen Zeit brennen. Nicht so einfach für einen alten Kapitän. 1000 Kerzen in jedem Segel gleichzeitig anzünden, es ist eigentlich unmöglich, aber nicht für mich.

Verbrennt Ihnen nicht das Segel und das Boot, wenn Sie überall Kerzen anzünden?

Schwarzbart schüttelte den Kopf. Ich habe Ihnen schon gesagt, dass ich wegen der Kängurukerzen besonders aufpassen muss. Außerdem hängen überall Walkerzen, die mit einem einzigen Schwall das Feuer auslöschen würden. Brauchen sie aber gar nicht. Meine

Kerzen brennen mit einem besonderen Licht. Und sie gehen alle zur selben Zeit aus.

Das ist nichts Besonderes, erwiderte der Affe Mikado, Sie stecken einfach elektrische Kerzen in das Segel.

Wo denken Sie hin, schüttelte Schwarzbart den Kopf. Elektrische Kerzen! Dieses sterile kalte Licht. Das ist nichts für mich.
Wissen Sie, sagte Schwarzbart, manchmal lese ich in dem dicken alten Buch die Geschichte von der ersten Weihnacht. Es kommt auf jede Kleinigkeit an, ganz genau lese ich sie und jedes Jahr ist mir bisher etwas Neues aufgefallen. Das erste, was mir vor vielen Jahren auffiel, war der Stern von Bethlehem. Wir Seefahrer sind auf die Sterne angewiesen, müssen Sie wissen, mit drei Jahren konnte ich bereits alle Sternbilder auswendig und mit verbundenen Augen aufmalen. Mit vier Jahren habe ich mein erstes bisher unbekanntes Sternzeichen entdeckt. Seitdem verging kein Jahr, in dem ich nicht einen neuen Stern gefunden habe.
Schwarzbart zeigte mit seinen Fingern in den klaren Nachthimmel. Er starrte einige Sekunden unverwandt nach oben und rief plötzlich:

Genau dort, sehen Sie, ein neuer Stern, genau am linken Rand des Wagens. Noch zwei Sterne und aus dem großen Wagen ist endlich ein Schiff entstanden.

Schwarzbart notierte sich die Position des neuen Sterns auf einem Blatt Papier. Mikado konnte ihm nicht folgen, denn Schwarzbart hatte irgendwohin in die trübe Suppe der Milchstraße gezeigt, dort gab es Milliarden von Sternen, die so dicht beieinanderstanden, dass man von einem zum anderen springen konnte. Es war kein Kunststück, in diesem Wirrwarr einen angeblich neuen Stern zu entdecken.

Wo waren wir stehen geblieben? fragte Schwarzbart und antwortete sich selbst. Ach ja, bei den 3000 Kerzen auf meinen drei Segeln und dem Stern von Bethlehem. Ja, so ist das, jedes Jahr aufs Neue und wird dieses Jahr so sein, solange ich lebe. Ich habe eine sehr alte Ausgabe des dicken alten Buches, sie ist älter als 30 Menschen zusammengerechnet. Dort stand etwas über den Stern von Bethlehem, was später aus dem Buch verlorengegangen sein muss. Der Stern von Bethlehem kommt nämlich jedes Jahr wieder und leuchtet für eine tausendstel Sekunde über der Stelle, wo der Stall gestanden hat.

Warum hat ihn bisher niemand gesehen? fragte Mikado. Am 24. Dezember klettere ich immer auf den höchsten Bananenbaum der Welt, um die Bananen zu pflücken, die im Mond- und Sternenlicht reif geworden sind. Am Tage verdecke ich sie und lasse sie nur vom Mond- und Sternenlicht bescheinen. Sie schmecken besonders gut. Nie habe ich aber zur Weihnacht den Stern von Bethlehem gesehen.

Sie wissen wenig, es würde viele Jahre brauchen, um Ihnen eine winzige Kleinigkeit von meinem Wissen weiterzugeben. Ich glaube, umgekehrt wären Sie damit in einer Minute fertig.

Mikado wollte protestieren, aber Schwarzbart sprach einfach weiter:

Es gibt eine kurze Sekunde im Jahr, verstehen Sie, genau eine tausendstel Sekunde, immer am Weihnachtstag zur selben Zeit, da gibt es auf der ganzen Welt kein Lebewesen, keinen Menschen, kein Tier, keine Pflanze, die wach sind. Wir merken es nicht, oder können Sie sich daran erinnern, wenn Sie mal eine tausendstel Sekunde nicht wach waren? Und genau in dieser tausendstel Sekunde erscheint jedes Jahr der Stern von Bethlehem. Bevor die ganze Welt wieder aufgewacht ist, ist der Stern wieder verschwunden. Jedenfalls stand es in der alten Ausgabe des dicken Buches.

Darin liegt die Lösung, murmelte Schwarzbart, darin liegt die Lösung, ja, genau darin. Ich war in der Mitte meines Lebens als ich dies herausfand.

Machen Sie es nicht so spannend, trieb ihn Mikado an. Welche Lösung meinen Sie?

Können Sie schweigen? fragte Schwarzbart. Mikado nickte.

Es wäre gut, würde Ihnen sowieso niemand glauben. In dem Buch habe ich die Stelle entdeckt, wo der Stall gestanden hat. Da kam mir eine Idee, es war vor 30 Jahren, meine Segel waren grün gestrichen, von den Ästen der Weihnachtsbäume und Weihnachtssterne durchwachsen, ich meine der Weihnachts- sternbäume, und an jedem Segel steckten 1000 Kerzen. Zum 24. Dezember, genau zu Weihnachten, habe ich mein Boot an diesen Platz gestellt, wo vor 2000 Jahren der Stall gewesen ist. Den Stern von Bethlehem habe ich nicht gesehen, aber er war da. Denn jedes Jahr habe ich es seitdem wiederholt. Und in jedem Jahr erscheint der Stern Bethlehem für eine tausendstel Sekunde und ein herrlicher

Sternschnuppenregen fällt auf den Platz des Stalles.

Den Stall gibt es nicht mehr, dafür fällt auf jede der Kerzen meines Bootes zur selben Zeit eine leuchtende Sternschnuppe und alle beginnen, zur selben Zeit zu brennen. Dann fahre ich mit drei leuchtenden Weihnachtsbaumsternen durch das Heilige Land und lese allen die Geschichte von der ersten Weihnacht aus dem dicken alten Buch vor. Meine Fahrt endet, wenn die letzte Kerze erloschen ist, das letzte Sternschnuppenkind zu seinem Vater, dem Stern von Bethlehem, zurückgekehrt ist.

Hmm, unterbrach Mikado. Vielleicht können Sie mit Ihrem Boot durch die Luft fahren, denn in der Luft gibt es Wasser. Wie kommen Sie aber mit ihrem Boot in die Wüste? Der Stall stand doch in der Wüste?

Haben Sie nie vom Strandsurfen gehört? fragte Schwarzbart zurück. Aber es gibt noch andere Lösungen. Sie müssen öfter in dem dicken alten Buch lesen:

Vor vielen tausend Jahren gab es einen alten Mann, der ein Boot mitten in der Wüste gebaut hat, es gab nirgendwo Wasser in der Nähe, er baute aber ein riesiges Schiff im trockenen Sandmeer. Er muss ein guter Seefahrer wie ich

gewesen sein. Sehen Sie, mit einem Boot übers Meer zu fahren ist keine Kunst, viele sind dazu in der Lage. Aber ein Boot in der Wüste zu steuern, können nur wenige. Dieser alte Mann in dem dicken Buch konnte es, ich kann es, man muss ein angenehmes Alter erreicht haben, um so etwas zu lernen.
Schwarzbart blickte wieder in den sternenklaren blauen Nachthimmel.

Vieles könnte ich Ihnen noch erzählen, was sich jede Weihnacht auf dem Platz, wo früher der Stall mit der Krippe und dem Kind gestanden hat, zuträgt. Vieles könnte ich Ihnen davon erzählen, später, ein anderes Mal, vielleicht später, wir werden sehen.
Jetzt muss ich mich erst auf die Reise nach Bethlehem begeben, denn in drei Tagen ist Weihnachten, mein Boot ist mit grünen Segeln und tausenden Kerzen geschmückt. Ein langer Weg durch die Wüste liegt vor mir, bis ich den Platz in Bethlehem erreicht habe, wo jedes Jahr für die Winzigkeit eines Augenblicks der Stern von Bethlehem aufleuchtet, während in diesem Moment jedes Auge auf dieser Welt schläft.

Doch davon später, ein anderes Mal, später, vielleicht ein nächstes Weihnachts-Mal.

2.
Das goldene Weihnachtshaar

Seit Wochen
Fielen keine Schneeflocken
Aufs Land.
Der tiefgefrorene Sand
Lag verlassen da.
An einer Stelle ein Haar,
Golden,
Als wenn es von tausend Sternwolken
Abgefallen war.
Als ich ein Ende aufhob, geschah
Etwas Wundersames.
Ein warmes
Gefühl durchströmte mich
Und solange ich zog, konnte ich doch nicht
Das andere Ende erreichen.
Bis zu den Sternenzeichen
Des Himmels reichte es.
Nun fiel mir das Weihnachtsfest
Ein.
Als ich noch ein klein
Wenig am Haar rüttelte,
Öffnete sich Wolke um Wolke und schüttete
Unzählige Schneekristalle auf die Erde.
Damit es Weihnachten werde,
Flüsterte eine Stimme aus den Wolken.

Meine Augen folgten
Ihrem Schall
Und auf einmal waren überall
Goldene Engel zu erblicken.
In ihren Mitten
Die Krippe mit dem Kind.
Hoffentlich find
Ich jedes Jahr
Das wundersame goldene Engelhaar.

3.
Starke Weihnacht

Lieber, guter Weihnachtsmann,
Ich bin sehr stark und ich kann
Einen großen Schlitten tragen,
Darum gib mir alle Gaben.

4.
Flüchtiges in der Weihnacht

Weihnachten.
Alle kleinen Schlachten
In der Familie waren vergessen.
Stattdessen
Hing eine sonderbare Stimmung am Baum.
Niemand wollte genauer hinschau'n.
Von der Spitze bis ganz
Unten überzog Lamettaglanz
Das Tannengrün.
Im
Stall standen die Engelfiguren
Und beschworen
Den Frieden auf Erden.
Am Heilig Abend werden
Die Blicke aneinander vorbei gleiten,
Um draußen auf der weiten
Schneedecke
Eine kleine versteckte Ecke
Nur für sich allein zu finden.

5.
Ausgebrannte Weihnacht

Draußen pocht es an der Tür.
Dafür
Haben wir lange gewartet.
Die Musikanlage startet
Und weihnachtliche Musik erklingt.
Mutter bringt
Streichholzfeuer,
Die teuer
Gekauften Kerzen anzuzünden.
Die Jungs binden
Sich die Krawatte zurecht.
Jetzt
Öffnet sich die Haustür.
Wir
Starren auf Vater.
Noch nie sah er
So müde und alt aus im Gesicht.
Trotz des weihnachtlichen Lichts
Waren seine Augen leer
Wie ein verebbtes Meer,
Weil er ein Jahr lang viele Tage
Nur für diesen Augenblick gearbeitet hatte.

6.
Ent-Deckte Weihnacht

Der kleine Stall war überladen,
Dass selbst Flöhe und Schaben
Aus Platzangst in hohem Bogen
In die kalte Nacht flohen.
Auch ein kleiner Engel kam nicht mehr hinein.
Es half kein Rufen, kein Wein'n,
Platz zu machen.
Da überkam dem kleinen Engel ein Lachen.
Schon in der Engelschule wurden sie belehrt,
Dass der Herr auf einem Esel und keinem Pferd
In Jerusalem einziehen würde,
Wohin sein Erdenweg führte,
Auch über alle Gleichnisse
Und Geschehnisse
Aus dem Leben vom neugeborenen Kind.
Der kleine Engel besinnt
Sich seiner Lieblingsgeschichte,
Als Männer das dichte
Dach einer Hütte entfernten,
Wo Jesus lehrte und ihn viele umschwärmten,
Um ihren kranken Freund zu Jesus zu bringen.
Gleich fingen
Seine Flügel an, sich zu bewegen,
Ihn auf das Dach des Stalls zu erheben.
Dort schob er eine Schilfmatte zur Seite

Und glitt auf ihr zur Freude
Des Kindes in den Stall hinab.
Der Oberengel war über diese Rutschfahrt
Wenig begeistert.
Doch gleich darauf sehr erleichtert,
Denn der kleine Engel hatte damit bewiesen,
Welch' guten Unterricht er bei ihm genießen
Durfte,
Als er damals gelangweilt seinen Kakao
schlurfte
Und sich trotzdem alles merkte,
Was der Oberengel ihn damals lehrte.

7.
Himmelweihnacht

Wie wird mir das Herz so still.
Schnee fällt auf die Erde nieder.
Weißer Glanz auf jeder Stell',
Aus den Träumen quellen Lieder.
Kerzen allerorts zu sehen,
Ihr Licht wärmt mein stilles Herz.
Frieden schmückt jedes Geschehen.
Jeder Blick führt himmelwärts.

2. Advent

8.
Die geheimnisvollen (Weihnachts-)flocken

Sehen Sie, sagte Schwarzbart, ich habe früher im Wasser gelebt, jetzt lebe ich auf dem Wasser und später werde ich unter dem Wasser leben. Mein Leben besteht nur aus Wasser.

Er griff in ein Wasserglas und holte einen Tropfen heraus. Vorsichtig hielt er die runde Kugel zwischen seinen Fingern.

Sie kennen mein großes Boot? fragte Schwarzbart. Dieser Tropfen kann es tragen, glauben Sie mir.

Er sprühte den Wassertropfen mit einer geheimnisvollen Flüssigkeit ein, legte ihn auf den Boden und stellte sich darauf.

Sehen Sie, er kann mich tragen, wenn er mich trägt, schafft er auch mein Boot.

Der alte Kapitän stieg vom Wassertropfen herunter und nahm ihn wieder in die Hand.

Dieser Tropfen ist wie ein Buch. Alles was dieser Wassertropfen gesehen hat, ist als Bilder in ihm gespeichert.

Schwarzbart holte eine seltsame Lupe und hielt sie vor den Tropfen.

Sehen Sie, hier ein Vogelschwarm. Der Wassertropfen muss einen Vogelschwarm durchquert haben, als er vom Himmel regnete. Und hier ein Walfischmaul, sehen Sie, kurz bevor der Wal den Wassertropfen hinunterschluckte und hier sehen Sie das Maul des Walfisches von innen.

Mikado staunte. Alles was der Wassertropfen einmal erlebt hatte, war als Bild in ihm sichtbar. Schwarzbart holte ein Taschenmesser hervor.

Kennen Sie Schnee? fragte er.

Mikado schüttelte den Kopf. Der alte Seeräuber begann, aus dem Wassertropfen feine Muster herauszuschneiden, schließlich hatte er ihn zu einer Schneeflocke geschnitzt.

Mikado hatte noch nie in seinem Leben eine Schneeflocke gesehen.

Wo finde ich diese Dinger? fragte er aufgeregt. In der Erde? Oder in den Blättern der Pflanzen? Wie schmecken diese weißen Flocken? Sie müssen mir alles über diese weißen Flocken erzählen.

Langsam, beruhigte Schwarzbart, alles der Reihe nach. Vor Jahren fuhr ich einmal in ein Land, als plötzlich diese weißen Flocken vom Himmel fielen. Nie zuvor hatte ich sie gesehen. Ich lebte immer im Urwald, wo es warm ist. Plötzlich fallen diese weißen Teile auf meinen Kopf. Was passiert mit mir? Bekomme ich überall weiße Flecken, wo mich eine Schneeflocke berührt? Nicht auszudenken, überall weiße Flecken auf meinen Haaren, weiße Flecken auf meiner schönen Jacke, weiße Flecken auf meinem Boot, weiße Flecken auf meiner braunen Haut, die ich so schön in der Sonne gebraten habe.

Hastig flüchtete ich unter Deck. Aus meinem sicheren Versteck hielt ich einen schwarzen Stock nach draußen, wartete, bis sich einige Flocken heraufgesetzt hatten und zog den Stock in die Kajüte zurück. Welcher Zauber! Sobald die Schneeflocken ins Bootszimmer kamen, verschwanden sie und, zum Glück, es blieben keine weißen Flecken zurück, nur kleine nasse Punkte.

Jetzt wagte ich wieder mehr. Ich hielt meine Hand in die Luft und wartete, bis sich einige Schneeflocken auf meine Hand setzten. Und nun machte ich eine erstaunliche Entdeckung. Jedes Schneekristall sah anders aus und, Sie werden es nicht glauben, auf einer Flocke stand ein winziger, kaum zu erkennender Engel, auf anderen waren kleine Feen, wieder auf anderen kleine Kobolde.

Guten Tag Schwarzbart, sagte der Kobold auf der ersten Schneeflocke, bevor du mich hörst, bin ich wieder verschwunden. Aber ich werde dich kitzeln, damit du immer an mich denkst.

Er hatte noch nicht zu Ende geredet, da war beides verschwunden, Schneeflocken und Kobold, nur ein kleiner roter Fleck blieb auf meiner Haut, der wie 1000 Ameisen kribbelte. Gleich darauf war ein leises feines Stimmchen zu hören:

Rette mich, Schwarzbart, bitte rette mich, jeden Wunsch werde ich dir erfüllen.

Ich erkannte eine winzige Fee, die auf einer anderen Schneeflocke stand und aufgeregt von einem Bein aufs andere sprang, weil die Schneeflocke unter ihr schmolz. Intuitiv pustete ich auf meine Hand, die Schneeflocke mit der Fee wirbelte wieder in die Luft, gleich darauf waren beide verschwunden.

Auf einmal setzte sich eine große Schneeflocke direkt auf meine Nase. Auf diesem Schneekristall saß ein glänzender Engel. Mit leuchtenden Augen betrachtete er mich.

Schwarzbart, sagte er, hast du jeden Tag, auch am letzten Tag, etwas Gutes getan?

Erst schwieg ich. Aber der Engel ließ nicht locker und wiederholte noch zweimal dieselbe Frage. Schließlich nickte ich, vorsichtig, damit die Schneeflocke nicht von meiner Nase herunterfiel. Der Engel griff in die Tasche seines Gewandes und holte eine Kerze hervor:

Frohe Weihnacht, sagte er. Zünde diese Kerze an, sie wird dich durch dieses kalte Land leiten und Wärme spenden.

Dann waren beide, Schneeflocken und Engel, verschwunden. Ungläubig starrte ich auf meine Hand. Meine Finger umklammerten eine brennende Kerze.

Mikado war bereits verschwunden. Hastig kehrte er mit einer Banane zurück.

Hier, sagte er, können Sie mir eine Bananenflocke mit ihrem Messer herausschnitzen? Nicht nur eine einzige. 1000, besser 10.000. Dann klettern Sie mit den Bananenflocken auf einen hohen Baum und lassen sie herunterfallen.

Und Sie? Was machen Sie?, fragte Schwarzbart.

Ich stelle mich unter den Baum und versuche mit offenem Mund, die Bananenflocken aufzufangen.

Ich werde es machen, antwortete Schwarzbart. Aber nur, weil heute Weihnachten ist. Mit Schneeflocken kann ich nicht dienen, es ist bei uns im Urwald zu warm. Bananenflocken, ja, warum nicht diese Flocken zu Weihnachten.

Es war die süßeste Weihnacht, die Mikado und Schwarzbart gemeinsam erlebten, was schmeckt süßer als wunderschöne Schneeflocken, geschnitzt aus noch wunderschöneren Bananen?

9.
Spur in den Himmel

Ohne Spuren
Sind wir verloren.
Ich folge ihnen gern,
In ihnen ist die Vergangenheit zu hör'n.
Ich musste nur jede
Spur in Töne
Verwandeln
Und konnte immer einen anderen
Klang vernehmen.
So war es, als ich eben
Durch den verschneiten Wald lief.
Sehr tief
Hinein führte mich die Spur
Und in der weißen Natur
Fing plötzlich eine Musik an,
Die ich irgendwann
In der Kindheit gehört hatte.
Als weiße Watte
Lag der Schnee auf den Bäumen.
An ihren Säumen
Meinte ich, Äpfel und Nüsse zu sehen.
Daneben
Goldene Engelfiguren.
Ich wollte meinen Blick wieder auf die Spuren
Im Schnee richten,

Doch im dichten
Schneetreiben waren sie abrupt verschwunden,
Obwohl ich ihnen für Stunden
Gefolgt war.
Da sah
Ich, nur vor mir war die Spur weg.
Direkt
Hinter mir war sie noch deutlich zu erkennen.
Mit meinen Händen
Grub ich im Schnee.
Befand ich mich schon auf dem zugefrorenen
See?
Ich
Wusste es nicht.
Es war egal,
Der See war in diesem Jahr
Bereits meterdick zugefroren.
Niemand konnte hier im Wasser verloren
Gegangen sein.
Im Schein
Der Sterne wurde mir auf einmal klar,
Die Spur war
Direkt in den Himmel aufgestiegen.
Die Sterne schwiegen,
Doch an einer Stelle öffnete sich
Das Dickicht

Der Wolken,
Und als meine Augen dem Licht folgten,
Sah ich es:
Das heilige, stille Weihnachtsfest,
So rein und klar
Wie in keinem anderen Jahr.

10.
Verborgene Kontraste

Weihnacht!
Die Pracht
Des Himmels war oben geblieben.
Abgeschieden
In einem kleinen Gebäude
War die Freude
Der Welt erschienen,
Ohne dass es vielen
Offenkundig war.
Auch die Schar
Der Engel blieb vielen verborgen.
Am nächsten Morgen
War der Alltag zurückgekehrt.
Gemerkt
Hatten es nur wenige.
Allein einer der Könige
Raste zornig durch seinen Palast.
Er fühlte seine Kraft
Schwinden.
Auch das Verkünden
Des Tötungsbefehls der neugeborenen Knaben
Würde darauf keinen Einfluss haben.
Der Stein war ins Rollen gekommen.
Aus wenigen Frommen
Würde bald eine gewaltige Lawine werden

Auf Erden,
Für das neue Leben
Das Alte fortzufegen.

11.
Erlösende Weihnacht

Weihnacht!
Lacht
Nicht Bethlehems Stern?
Hör'n
Wir nicht Engelslieder,
Wo Hirten
Nieder-
Gekniet sind.
Und das Kind?
Fühlen wir im Herzen,
Dass es alle Schmerzen
Tragen wird?
Sein Tod uns heimwärts führt.

12.
Lachende Freude

Weihnachten!
Die Engel lachten
Um die Wette.
Die Erde war zur Stätte
Der Freude geworden.
Not und Sorgen
Waren geblieben,
Aber sie schwiegen
Unter der weißen Schneeschicht.
Das Sonnenlicht
Brach sich in den Eiskristallen
Und ergoss sich über allen
Tristen grauen Ecken.
Überall ein Aufwecken
Aus Trauer und Müdigkeit.
Welch' herrliche Zeit.
Könnte sie doch für Ewigkeiten
Bei allen bleiben.

13.

St. Urlaub

Knecht Ruprecht saß an seinem Kamin.
Im
Zimmer die Zimtsterne.
Sie krochen mit der Kaminwärme
In seine Nase hinein.
Er hatte beim
Genießen fast vergessen,
Dass unterdessen
Weihnachten vor der Tür stand.
Er nahm eine hand-
Voll Träume,
Schon einmal die grünen Tannenbäume
Damit zu schmücken.
Jeden, der mit seinen Blicken
Einen Traum traf,
Ereilte der Schlaf
Und er wachte erst auf,
Als ein Jahr später Weihnachten ins Haus
Stand.
Kurzerhand
Hatte sich Knecht Ruprecht wohlbesonnen
Ein ganzes Jahr Urlaub genommen.

14.
Vorgetestete nicht abgeschmeckte Weihnacht

Lieber guter Weihnachtsmann,
Testest du die Eisenbahn
Bevor du sie zu mir bringst,
Damit alles bestens stimmt?
Du hast sicher nicht vergessen,
Auf dem Spielzeugpferd gesessen,
Ob es auch ganz artig ist,
Damit es mich nicht abwirft.
Hast die Puzzles nachgezählt,
Zur Prob' durch's Fernrohr gespäht,
Probeweis den Ball geschossen,
Mit dem Pfeil das Ziel getroffen.
Doch du musst uns auch versprechen,
Probier' bitte nicht das Essen.
Denn die vielen Süßigkeiten
Testen wir dann schon beizeiten.
Dafür sind wir Spezialisten,
Von den Guten noch die besten.
Kannst dir diese Arbeit sparen,
Damit werden wir uns plagen.

3. Advent

15.
Lebende Schattenweihnacht

Wissen Sie, sagte Schwarzbart, mein Ur-Ur-Ur-… Urgroßvater hat noch die Dinosaurier kennengelernt. Es gab Flugsaurier, das weiß noch jeder, aber kaum einem ist bekannt, dass es Tauchsaurier gab, die stundenlang unter Wasser schwammen. Einem dieser Tauchsaurier hat mein Ur-Ur-Ur-… Urgroßvater einmal das Leben, ich meine das Wasserleben, gerettet. Wie? Das ist nicht mehr interessant. Es gibt keine Tauchsaurier mehr. Also muss auch niemand länger wissen, wie man ihnen das Leben retten kann. Aber mein Ur-Ur-Ur-… Urgroßvater hatte es jedenfalls getan und dafür brachte ihm der Tauchsaurier von jedem seiner Tauchgänge riesige Bernsteine mit – Bernsteine, einige größer als ein Walfisch.

Daraus baute sich mein Vorfahre zuerst ein goldenes Bernsteinschiff. Er hatte nämlich beobachtet, dass bei kräftigem Wellengang die Bernsteine oben auf der Wasseroberfläche schwammen und nur mit einem Netz abgefischt werden müssen. Also würde auch ein Bernsteinschiff auf dem Wasser schwimmen.

Das alles stellte kein Problem dar und es ging auch einige Zeit gut. Bis mein Ur-Ur-Ur-… Urgroßvater feststellte, dass das Schiff ohne Wellen unterzugehen drohte, wie auch ein normaler Bernstein im ruhigen Wasser nicht auf der Oberfläche schwamm, sondern auf den Meeresboden sank. Deshalb musste er überall am Boot kleine Propeller anbringen, die das Wasser auch bei ruhiger See in Bewegung hielten, damit sein Bernsteinschiff nicht unterging.

Als ihm das zu mühsam wurde, baute er sich aus den Bernsteinen eine gewaltige Schlossburg. Sie war nicht nur gewaltig, sondern unannehmbar. Keine Kanonenkugel konnte sie einnehmen. Gewiss, die Kanonen hätten seine Schlossburg wie eine Holzmauer zerschießen können, aber ihre Kugeln wagten nicht, gegen die goldenen Bernsteine zu fliegen und sie dadurch zu zerstören.

Bernstein sei viel zu schön, sagten die Kanonenkugeln, um sie zu zerstören.

Sehen Sie, hier liegt eine simple Lösung für viele Probleme von heute. Alles auf der Welt ist schön. Man müsste nur alle Kugeln und Raketen in eine Schule stecken, wo sie lernen, wie schön die

Welt ist und sie würden sich danach weigern, gegen irgendetwas Schönes zu fliegen, es zu zerstören.
Aber lassen wir das.

Eines Abends, mein Ur-Ur-Ur-... Urgroßvater saß im Schaukelstuhl vor dem Kamin und sah durch die Bernsteinwände nach draußen. In diesem Moment geschah etwas, das sich nur alle 1000 Jahre ereignet. Er hatte Holz von einem Leuchtbaum in den Kamin gelegt, das ein besonders warmes Licht ergab. Im selben Augenblick, als das Licht des Leuchtbaumfeuers durch den Bernstein nach draußen wollte, traf es im Bernstein auf den 3.998.677sten Sonnenstrahlen des Tages.

Sehen Sie, das ist das Besondere. Es passiert nur, wenn das Licht eines Leuchtbaumfeuers auf den 3.998.677sten Sonnenstrahl des Tages trifft. Dann werden die Schatten sichtbar, die im Bernstein gefangen sind. Und nicht nur das. Sie werden sichtbar und lebendig. In diesem Moment sah mein Ur-Ur-Ur-... Urgroßvater den Schatten eines Tieres, viel kleiner als ein Dinosaurier, aber mit einem wunderschönen Geweih auf seinem Kopf und was das

Verrückteste war, mit einem riesengroßen Sack auf seinem Rücken, so wie bei einem Lastesel.
Kurz darauf sprang der Schatten aus dem Bernstein ins Zimmer, ein wundervolles Rentier Stand von meinem Ur-Ur-Ur-.. Urgroßvater.
Damit noch nicht genug Wunder, räusperte sich Schwarzbart, auch bei den Wundern sind alle guten Dinge drei. Das dritte Wunder?, werden Sie sich fragen. Dass dieses Rentier sprechen konnte. Sie hören richtig, ein sprechendes Rentier, das seine Geschichte erzielte.

Vor vielen 1000 Jahren, es war das erste Mal vor den Schlitten des Weihnachtsmannes gespannt worden, flog es mit den anderen Schlittentieren über die Weihnachtswelt. In einem endlos großen Wald machte St. Claus mit ihnen Rast, er war müde, schärfte aber jedem Rentier ein, sich nicht von der Stelle zu bewegen – wegen gefährlicher Säbelzahntiger und anderer Ungeheuer.

Aber das Rentier war jung, wer jung ist, ist neugierig, wer neugierig ist, hört nicht auf Verbotsworte. So lief es weiter und weiter in den großen Wald hinein, bis es das furchtbare Gebrüll eines Säbelzahntigers vernahm, der es bereits entdeckt hatte und schon zum Fresssprung ansetzte.

Das Rentier stand unter einem riesigen Baum, der alles mit ansehen musste. Und als der Baum sah, welch schreckliches Unglück gleich geschehen würde, begann er zu weinen, eine riesige Harzträne fiel von seiner Krone und bedeckte den Schatten des Rentiers, sodass der Säbelzahntiger total überrascht in der Luft kehrt machte und unverrichteter Dinge verschwand.

Das Rentier flüchtete zu den anderen zurück, seinen Schatten hatte es jedoch verloren. St. Claus stellte keine Frage, als er ist völlig außer Atem antraben kommen sah. Er wusste bestimmt, was passiert war, denn der Weihnachtsmann gehört zu den wenigen, die fast alles wissen, wie sollte er sonst alle Wünsche der Kinder kennen. Aber der Weihnachtsmann stellte keine Frage, als er weiterfuhr, weiterfuhr mit sechs Rentieren, aber nur fünf Schatten auf dem weißen Schnee sah.

Direkt ein wenig tigerspannend, bemerkte Mikado, aber etwas haben Sie vergessen.

Natürlich, räusperte sich Schwarzbart. Sie wollen wissen, was in dem Weihnachtssack war, der auf dem Schatten des Rentieres lag. Vieles, kann ich Ihnen sagen, Vieles lag darin: Die größte und bunteste Feder eines Flugsauriers als Weihnachtsgeschenk für ein Indianermädchen. Ein riesengroßer Panzer einer gestorbenen Schildkröte als Badewanne für den Indianerhäuptling. Fünf Säbelzähne vom Säbelzahntiger für die tapferen Indianerkämpfer, die sie anstelle von stumpfen Pfeilen mit ihren Bogen abschießen konnten. Ein spitzer Haifischzahn für die Häuptlingssquaw zum Zubereiten von Essen. Eine mit glattem Fell umwickelte Wirbelsäule eines gestorbenen Brontosauriers als Riesenrutsche für die Indianerkinder und vieles, vieles, vieles mehr.

Aber davon später, ein anderes Mal, ein Dinosaurieralter später, erst mal muss mein Schatten schlafengehen, aber bestimmt nicht in einem riesigen Bernstein, ganz gewiss nicht in einem riesigen Bernstein. Vielleicht lasse ich meinen Schatten dort schlafen, wenn ich dadurch keine Albträume mehr habe, vielleicht mein Schatten, aber gewiss nicht ich höchstpersönlich.

Obwohl, ein Bernsteinschlaf klingt auch nicht schlecht, aber jetzt ist Schluss mit dem ständigen Hin und Her, ich bin doch kein Kind mehr und muss vor dem Einschlafen Zeit rausschinden.

16.
Das zum Glück verpasste Geschenk

Weihnachten!
Alle dachten,
Knecht Ruprecht war
Schon da
Gewesen.
In jedem
Stall himmlische Stille.
Eine Fülle
Goldener Sterne
Leuchtete in der Ferne
Am Firmament.
Und in den Stuben brennt
Kerze an Kerze am Weihnachtsbaum.
Doch war alles nur ein Traum?
Im Kalender
Stand der 28. Dezember.
Das erste Mal seit tausenden Jahren
War Knecht Ruprecht einfach vorbeigefahren.
Das erste Mal
War
Knecht Ruprecht hoch oben
Am Dorf vorbeigeflogen.
Unter dem Weihnachtsbaum lagen
Keine Geschenkgaben,
Keine Eisenbahn,

Kein goldenes Garn,
Keine Puppenstube,
Keine Piratenschatztruhe.
Doch schaute man über das Land,
Fand
Das Auge überall himmlischen Frieden
Auf dem glitzernden Schnee liegen.
Er hatte das wertvollste gebracht:
Den Frieden der Weihnacht.

17.
Vorgespannte Weihnacht

Seht ihr die Kerzenlichter,
Die immer dichter
Aneinander rücken.
Kinder drücken
Sich die Nasenspitzen platt.
Hat
Knecht Ruprecht schon etwas gebracht?
Überall unter dem kleinen Dach
Und hinter verschlossenen Türen
Liegen
Kleine Überraschungen.
Und wenn
Es dann geheimnisvoll klopft
Und ein weißer Bartzopf
Im Türspalt zu sehen ist,
Vergisst
Die ganze Welt für einen Tag,
Alle Mühe, jede Plag'.

18.
Verklungener Friede

Weihnachten!
Knecht Ruprechts Schritte brachten
Wieder die Geschenkegaben.
Engel haben
Erneut ihr Lied gesungen
Und die Orgeln haben geklungen,
Als ob es Himmel auf Erden ist.
Nur betrifft
Zu unser aller Leid
Die Weihnachtszeit
Nur ein Bruchstück vom Jahr.
Bald war
Der Frieden vergangen
Und die Worte klangen,
Als ob in den Weihnachtstagen
Die Bäume nie mit Frieden bekleidet waren.

19.
Weihnachtsspuren

Weihnachten!
Alle fassten
Neue Kraft,
Als sie von der ersten Weihnacht
Hörten.
Hirten schwörten,
Engel begegnet zu sein.
Der Schein
Vom Bethlehemstern
War noch in der Fern
Zu sehen.
Und im Wehen
Des Windes
War die Geschichte des Kindes
Zu vernehmen,
Wer sich im Verstehen
Der Natur auserkannte
Und das Kind seinen Herrn nannte.

20.
Zweite Weihnacht

Weihnachten,
Alle dachten
An den kleinen Stall,
Doch dahinter verbarg sich bereits der Schall
Der mächtigen Engelposaunen.
Für alle zu schauen,
Wenn er als der Mächtigste zurückkehrt.
Nicht mehr
Als das hilflose neugeborene Kind.
Vielmehr bringt
Er seine unvorstellbare Macht
In dieser zweiten Weihnacht.

21.
Verdoppelte Ahnung

Ein Weihnachtsfest
Würde es für den Rest
Seines Lebens
Nicht mehr geben.
Nur wusste er nicht,
Dass das Weihnachtslicht
Für ihn nicht mehr erstrahlen wird.
Er spürt
Den Hauch einer Ahnung,
Doch seine Erfahrung
Hatte ihm bisher nicht verraten,
Was ihn erwarten
Wird.
Noch führt
Er alles auf eine Täuschung zurück,
Aber das Lebensglück
Hatte sich schon zurückgezogen.
Die unabänderlichen Lebenswogen
Werden sich
Nicht
Mehr wenden,
Seinen Weg beenden,
Bevor Engel das nächste Weihnachten
Auf die Erde brachten.

4. Advent

22.
Der fehlende Weihnachtsanfang

Wissen Sie, sagte Schwarzbart, dass Seltenste, vielleicht auch das Traurigste, ist mir einmal vier Wochen vor Weihnachten passiert. Genau vier Wochen vor Heiligabend oder wenn Sie so wollen, vier Kerzen vor Weihnachtsbaum traf ich bereits St. Claus. Nicht ungewöhnlich, jedenfalls nicht für mich. Das Seltsame war jedoch, er sah tief traurig aus. Können Sie sich das vorstellen? Der Weihnachtsmann hat den coolsten Job dieser Welt, Kinder zu Weihnachten beschenken, es gibt mehr Freude zurück, als ich in seinem großen leeren Weihnachtssack nach der Bescherung verstauen kann. Er wusste von dieser Vorfreude auf die Bescherung und war dennoch tief traurig.

Nun machen Sie es nicht so spannend, unterbrach Mikado, hatte er etwa meine goldenen Weihnachtsbananen vergessen oder sie versehentlich mit grünem statt rotem Geschenkpapier eingepackt? Das ganze Jahr sehe ich im Urwald grüne Blätter, ich kann nicht auch noch zu Weihnachten grünes Geschenkpapier bekommen.

Halt, brummte Schwarzbart. Nichts von alledem. Er war schlicht traurig, weil in jenem Jahr Weihnachten ausfallen musste.

Wieso? rief Mikado empört, niemand hat das Recht, die Bananenweihnacht ausfallen zu lassen.

Es geht hier nicht um Recht, beruhigte Schwarzbart. Es geht schlicht und einfach um einen Buchstaben.
Um einen Buchstaben? fragte Mikado noch neugieriger.

Ja, schlicht um einen Buchstaben. Es wurden so viele Weihnachtssüßigkeiten hergestellt und dafür noch mehr Werbung gemacht, dass kein großes **W** mehr für **W**eihnachten übriggeblieben war. So einfach ist es. Deshalb musste Weihnachten ausfallen.
Man hätte es anders nennen können, schlug Mikado vor. Geschenknachten, Kerzennachten, Gänsebratennachten.
Hatte ich dem Weihnachtsmann auch vorgeschlagen. Aber das ginge nicht, erwiderte er bloß, ohne mir eine haarklitzekleine Erklärung zu geben.

Dann geben Sie doch Ihr **W** dem **W**eihnachtsfest, schlug ich dem **W**eihnachtsmann vor. So retten wir **W**eihnachten.

Er sah mich ein wenig böse an und begann gefährlich mit der Rute zu wackeln.

Soll ich Einachtsmann heißen? Alle denken womöglich, ich sei der Eierverkäufer nicht der Weihnachtsmann.

Mikado musste lachen. Ein Eierverkäufer zu Weihnachten? Das ging wirklich nicht. Eier wurden bereits zu Ostern verschenkt.

Plötzlich sah mich St. Claus lachend an, fuhr Schwarzbart fort.

Darf ich Sie nach Ihrem Namen fragen, bat er mich.

Ich heiße Schwarzbart, eigentlich sollten Sie das wissen.

Jaja, hatte ich kurz vergessen. Ist mir wieder eingefallen. Zum Glück. Zum Dinosaurierriesenglück, hier liegt die Lösung.

Bevor ich entsetzt aufschreien konnte hatte der Weihnachtsmann bereits meinen Namen gegriffen und das **w** herausgebrochen.

Ein kleines **w**, brummelte St. Claus, nur ein kleines **w**, es ist aber kein Problem. Das werden wir gleich haben.

Er brach zwei kurze Stücke von seiner Route ab, klebte sie links und rechts ans kleinen **w** und schon hatten wir ein großes **W** für **W**eihnachten.

Warum bin ich nicht gleich darauf gekommen? fragte sich der Weihnachtsmann. Ich werde nicht zum Eiermann und Weihnachten ist gerettet.

Seine Freude verging, als er in meine traurigen Augen sah.

Das können Sie nicht machen, sagte ich mit tränenerstickter Stimme. Es war das erste und einzige Mal in meinem Leben, dass ich weinen musste.

Sie sind gerettet, gewiss, Weihnachten ist gerettet, gewiss. Aber ich bin unrettet.

Jetzt heiße ich nur noch Scharzbart; aber ich gebe Ihnen Brief und Siegel, in einigen Tagen werden ein paar freche Kinderzungen das **a** zum **e** kneten und mich Scherzbart rufen. Möchten Sie so heißen?

Ich zeigte auf den Bart vom Weihnachtsmann. Dieser Name passt vielleicht zu ihrem Kopf, zu ihrem Bart, aber nicht zu mir, nicht zu Schwarzbart den Drachenhelden. Der Mut von allen Tigern, die jemals auf der Welt gelebt haben, steckt in mir.

Ich hätte das mit dem Bart besser nicht sagen sollen, ein Weihnachtsmann lässt seinen Bart ungern mit einem Scherzbart vergleichen.

Dafür erhalten Sie zehn Weihnachten lang keine Geschenke, sagte der Weihnachtsmann erbost zu mir. Aber ich will gnädig sein. Ich nehme die Strafe zurück, wenn Sie mir auf einem anderen Weg ein **W** beschaffen.

Hier entstand eine Pause. Eine verdächtig lange Pause. Eine sehr verdächtig, sehr lange Pause. Plötzlich wandte sich Schwarzbart an den Affen. Können Sie mir ein Kunststück vormachen und sich kopfüber an einen Ast hängen?

Und ob ich es kann, rief Mikado und hing im selben Moment verkehrt herum im Bananenbaum. Schwarzbart beobachtete ihn lange, sehr, sehr, sehr verdächtig lange.

Drehen sie sich um, rief er Mikado zu, ich habe gesehen, was ich wollte.

Was haben Sie gesehen?

Einen verkehrten Anfang!

Einen was?

Ihren Anfang, aber verkehrt herum.

Ich verstehe überhaupt nichts, sagte Mikado resigniert.

Schwarzbart malte einen Buchstaben auf ein Stück Papier. Ein großes **M**, der Anfang von Mikados Namen. Dann drehte er das Blatt herum.

Das kann nicht Ihr Ernst sein, rief Mikado entsetzt.

Doch, oder möchten Sie etwa zehn Weihnachten ohne Geschenke feiern. Ich musste dem Weihnachtsmann diesen Vorschlag unterbreiten. Schließlich habe ich dadurch Weihnachten gerettet und so nebenbei zehn Jahre Geschenke für mich gerettet. Zwei Rettungen mit einem Buchstaben, dagegen lässt sich nichts sagen. Jedenfalls hat der Weihnachtsmann meinen Vorschlag akzeptiert.

Er hat was? protestierte Mikado unruhig.

Zu spät. Zu spät für ihn. Zu spät für seinen Namen. Zu spät für sein **M**. Zugegeben, damit auch zu spät für seinen Anfang. In Zukunft würde niemand mehr wissen, wo der Affe anfing und wo er deshalb aufhörte.

Mitten im Sommer, mitten aus dem Urwald, kam St. Claus gestampft, sah den Bananenbaum empor und rief begeistert:

Da ist ja mein **W**. Alles ist gerettet. **W**eihnachten ist gerettet. Ich bin kein Eiermann. Wie kann ich Ihnen nur danken, verehrter Affenherr.

Gar nicht, stammelte Mikado, oder vielleicht doch, bedienen Sie sich lieber am Namen von meinem Freund Schwarzbart. Ein **M** zum großen **W** zu machen, es ergibt höchstens verkehrte Weihnacht. Wer will schon verkehrte Weihnacht feiern. Kinder bekommen keine Geschenke, sie müssen Sachen kaufen zbd weggeben. Die Erwachsenen dürfen sich nicht drei Tage ausruhen, sie müssen mehr als sonst im Jahr schuften. Verkehrte Weihnachten. Wer will das schon? Und überhaupt. Wenn sie nach dem Fest das große **M** zurückdrehen, haben sie plötzlich aus der **W**eihnacht eine **M**ainacht gemacht. Aber es ist doch noch immer Dezember, noch nicht weiter im Jahreskalender. Alles wäre verkehrt, Weihnachten wäre verkehrt, der Kalender wäre verkehrt, alles wäre verkehrt. Wer soll das alles wollen?

Wir !, riefen Schwarzbart und der Weihnachtsmann im Duett. Besser ein verkehrtes Weihnachten als überhaupt kein Weihnachten!

Und hier, Schwarzbart räusperte sich ein letztes Mal, hier lassen wir wegen des Weihnachtsfriedens dieses verkehrte Abenteuer, dies verkehrte Weihnacht besser enden. Vielleicht wird es morgen regnen, nicht Katzen und Hunde wie in England, keine Strippen wie im Beckerland, vielleicht wird es Buchstaben regnen wie im Alice-Land, Millionen von Buchstaben wird es regnen, auch Millionen von großen **W**'s, dann ist Weihnachten ein für alle Mal, für alle Zeiten, gerettet, vielleicht sogar überrettet, weil wir wegen der vielen geregneten großen **W**'s ab jetzt Weihnachten jeden Monat feiern müssen.

23.
Handel an der Weihnachtstauschbörse

Lieber guter Weihnachtsmann,
Du hörst dich erkältet an.
Hast wohl Husten und auch Schnupfen,
Musst dir oft die Nase putzen.
Du brauchst deshalb Medizin.
Ich hab' welche, immerhin,
Bin auch tapfer, geb' sie dir.
Sie ist bitter, schmeckt nicht mir.
Meine Mutter wird dann denken,
Medizin in Teegetränken
Hat mich rasch gesund gemacht.
Nimm sie deshalb, ist kein Spaß.
Doch tat ich dich gut bedenken,
Musst du mir dafür mehr schenken.
Wirst bald keinen Schnupfen haben,
Drum schenk mir den ganzen Wagen,
All die vielen Süßigkeiten.
Andre lernen dann beizeiten,
Süßes besser nicht zu essen.
Lass dir deshalb gleich versprechen,
Nüsse, Kekse und den Stollen,
Das sie solches nicht mehr wollen.
Kannst dann in den nächsten Jahren
Gleich alles zu mir hintragen.

24.

Ver(Nicht)ete Weihnacht

Weihrauch und Myrrhe,
Kein Kassengeklirre.
Der Bethlehem-Stern,
Dem Weihnachtstrubel abzuschwör'n.
Die Hirten,
Keine im Kaufrausch Verirrten.
Das stille Feld,
Kein Hecheln nach Geld.
Die Krippe,
Keine des Bettlers unerfüllte Bitte.
Der kleine Stall,
Kein schnulziger Schall.
Die Stille Nacht,
Kein Obdachloser ohne Dach.
Der Kindermord,
Kein verlogenes Wort.
Aus der stillen Weihnacht
Ein Nichts gemacht.

25.
Die doppelte Weihnacht

Der kleine Stall
Der laute Posaunenschall
Die karge Krippe
Von Osten aus in der Mitte
Herodes Häscher
Die schlafenden Wächter
In Rama Klagen
Endlose Engelscharen
Die ägyptische Flucht
Das aufgeschlagene Lebensbuch
Der Kometenschweif
Das himmlische Reich
Das sanfte Wehen
Der Kometenregen
Die schlafenden Tiere
Überall Kriege
Die stille Pracht
Der ersten Weihnacht
Die Rettung der Frommen
Bei seinem zweiten Kommen
Über Nacht:
Die zweite Weihnacht.

26.
Lachen aus der Vergangenheit

Das erste Weihnachten.
Alle lachten.
Das neugeborene Kind
Wundert sich, warum alle anders sind.
Nie hatte der Vater glücklicher gestrahlt.
Seine Schwester malt
Bilder mit grünen bunten Bäumen.
In allen Räumen
Erstrahlt ein goldenes Licht,
Wie es sich
Auch im Himmel fand;
Dem Land,
Das es gerade verlassen hat.
Die Lebensfahrt
Wird zu Weihnachten den Himmel streifen,
Sorge und Not werden kurz weichen,
Bevor wieder alles zusammenbricht,
Der helle Kerzenschein erlischt,
Und das Leben
Das neugeborene Kind im Vorbeigehen
In die graue Wirklichkeit zurückzerrt.
Alles so anders, alles so verkehrt.

27.

Süßbaum

Ein ganzes Jahr
War er am Waldesrand gestanden.
Nun brannten
Kerzen auf seinen Zweigen.
Ein Reigen
Von Engeln schwirrte durch seine Äste.
Eine weiße Weste
Aus Watteschnee deckte ihn zu.
In der Ruh
Der Nacht vor dem Fest,
Wenn der Rest
Des Hauses schlief,
Lief
Knecht Ruprecht zuerst an ihm vorbei,
Um manchmal ganz nebenbei
Von seinen süßen Sachen
Etwas selbst zu naschen.

28.
Abgepauster Nikolaus

Wie sieht der Nikolaus
Wohl aus?
Hat er eine schöne Nase
Wie eine römische Vase?
Einen Bart,
Zu zart,
Um ihn zu sehen?
Die Haare stehen
Dicht an dicht?
Blaues Augenlicht?
Kleine Ohren,
Wie Schneckenbogen?
Hat er einen klugen Kopf
Unterm Haarschopf?
Weiß gut Bescheid
Über vergangene Zeit?
Behält die Ruhe
Trotz ungeputzter Schuhe?
Ein Sack voll Glück?
Ein lieber Blick?
Was einer wohl glaubt,
Wer in dieser Haut
Gestern Nacht steckte?
Ich entdeckte
Ein goldenes Haar

Und mir war sofort klar,
Dass wie jedes Jahr
Es der Nikolaus war.

Inhaltsverzeichnis

Bei den **hervorgehobenen Überschriften** handelt es sich um die **Kurzgeschichten**, dazwischen die Überschriften der eingefügten Gedichte.

Biografie

Ich wurde in Berlin geboren. Nach dem Abitur in Berlin habe ich Medizin in Berlin und München studiert und war nach meinem Studium ca. 40 Jahre in der Medizin tätig. Seit Ende 2023 bin ich berentet. Während meiner Berufstätigkeit habe ich nebenher eine Reihe von Manuskripten verfasst, ein Jugendbuch, Kinderbücher, Romane und Gedichte.
Einige sind seitdem über einen Self-publishing-Verlag veröffentlicht worden

Neben einer Reihe anderer Veröffentlichungen hat der Autor auch folgende Gedicht- und Prosabände veröffentlicht:

Die Christyllische Weihnacht – Weihnachten wie immer (und) anders

27 Kurzgeschichten mit je einem Bild, zu jedem Tag vom 1.-26. sowie 31. Dezember; sehr abwechslungsreiche Geschichten von Weihnachten im Kaufhaus, bei den Schildbürgern, in einem neuen Märchen, als Science-Fiction und Weihnachtsgeschichten zur Zeit der Geburt Jesu. So abwechslungsreich, dass für jeden und jedes Alter etwas dabei ist (auch in Englisch erhältlich).

101 Weihnachtsgedichtsbäume – gegen das Poesie-Waldsterben

Über 100 besinnliche, lustige, stimmungsvolle aber auch nachdenkliche Gedichte über die Weihnachtszeit.

Ein denkwürdiger Adventskalender

Das schönste am Fest war der Adventskalender. Jedes Jahr freute er sich auf diese verkleidete, geheimnisvolle süße Gabe. Draußen die bunten Bilder, die versteckten Türchen, Zahlen, die zwischen Engeln, Krippen und Weihnachtsmännern umherschwirrten. So war es jedes Jahr, aber dann stimmt irgendetwas nicht. Dies erzählt die Geschichte um einen ganz besonderen Adventskalender voller Überraschung.

Aventsschilda
Die EULENde SPIEGEL-Weihnacht

Weihnachtsgeschichten mit und ohne Eulenspiegel in Schilda, bereichert durch weihnachtliche Gedichte. Zu lesen wie ein Adventskalender.

Die Insel der Figuren

Roman. Ein kleines Mädchen in Japan bekommt zum Geburtstag von ihrem Vater eine Puppe geschenkt. Als das Mädchen älter ist, wird die Puppe in einem kleinen Boot auf die Wellen des Meeres gesetzt. Offensichtlich eine Tradition ins Erwachsenenalter.

Einige Zeit später reist ein anderes Mädchen ihrer verschwundenen Puppe hinterher, eine spannende abenteuerliche Reise mit einem ungewöhnlichen überraschenden Ende beginnt.

Manu's Reise mit dem Tod - eine Fuge durch die Zeit

Roman, 256 Seiten, verschiedene Lebenslinien aus dem Leben einer Frau, fugenartig verwoben, Ereignisse des Todes in ihrem Leben und ein weiterer Handlungsstrang über verschiedene Rituale zur Zeit des Todes in verschiedenen Kulturen (auch in Englisch erhältlich „Manu´s Journey with Death").

GeGlichenes

Die folgende Sammlung in 4 Bänden enthält etwas über 60 Kurzgeschichten, jede Kurzgeschichte baut auf einer aus dem Neuen Testament stammenden Bibelstelle gleichnishaft auf und ist auf unsere Zeit übertragen. Zwischen den Geschichten findet sich jeweils ein Aphorismus oder ein Gedicht.

Ostern- Gedichte zur Osterzeit

43 Gedichte mit christlichen Inhalten von Gründonnerstag bis zur Auferstehung Jesu, durchsetzt mit gedankenvollen Aphorismen.

Hinter dunklen Himmelswolken – Gedichte in Zeiten der Trauer

74 Gedichte über Tod, Sterben, Hoffnung, Zuversicht, das Danach.

Der erdenkliche Mensch - Das Du im Ich

55 Gedichte, dazwischen Aphorismen, die sich nachdenklich und kritisch mit liebgewonnenen menschlichen Verhalten auseinandersetzen.

Das Moooondschaaaaf
(monatlich durch das Jahr)

Für jeden Tag eines Monats ein Gedicht aus Sicht eines auf dem Mond lebenden Schafs, das humorvoll, kritisch, skeptisch und wiedererkennend unsere Erde beäugt; zwischen jedem Gedicht ein Aphorismus; mit passenden lustigen Bildern aus Kinderhand; auch als Geburtstagsgeschenk für den passenden Geburtstagsmonat geeignet.

Ein KESSEL Bunte GeDichte

Ein Kessel bunter Gedichte, unterbrochen von kurzen Aphorismen – eben wie in einem großen bunten Kessel, wenn es heißt: tüchtig rühren, Kelle rein, sich überraschen (pardon inspirieren) lassen, was auf den Teller kommt.